KB005703

한밤의 이마에 얹히는 손
전동균 시집

문학동네시인선 218 전동균
한밤의 이마에 얹히는 손

시인의 말

초록의 숲길을 걸으면서도
마음은 때로
눈 덮인 산, 헐벗은 겨울나무들을 향해 걸어가곤 했다.
그 아래 환영처럼 서 있는 한 사람에게로.

이면지에 쓴
단독자의 고백들.

말이 멀어지고 있다.

2024년 7월
전동균

차례

1부 하루에 한 번쯤은 거짓 없는 눈으로

3부 첫 고백인 듯 마지막 약속인 듯

4부 말과 말 사이에 그늘이 펼쳐지면

1부

하루에 한 번쯤은 거짓 없는 눈으로

내가 만든 건 내가 부수어야 하므로

딱딱한 침대와
갓등을 밝히면 끝없이 넓어지는 탁자와
펼치면 온통 백지뿐인
낡은 기도집이 한 권 있었다

분도의 집 301호

녹슨 깡통을 보듯 나를 바라보다가
물 한잔 들이켜는 꿈에서 깨어나니
내 손엔 돌이 하나 쥐여 있었다
칼자국처럼 붉은 선이 쫙 그어진

말하지 마세요, 내 안에 담긴 게 무엇인지

이제 나는 남자도 여자도 아니에요
도둑들, 뚜쟁이들, 사기꾼들은 나를 친구라고 불러요

마른 나뭇잎의 선명한 무늬를 갖고 싶었죠
하루에 한 번쯤은 거짓 없는 눈으로
하늘을 열고 싶었어요

알아요, 알고 있어요, 나는 버려졌고
버려져서 해방되었다는 것을
내가 가야 할 곳은 이미 사라졌거나
아직 생겨나지도 않았지만

엄마 장례식 날 고무줄놀이 하는 아이처럼 살래요
햇볕 한 줌 못 뿌리면서
꽃 한 송이 못 피우면서
어떻게 사랑을 노래할 수 있겠어요

내 안에 담긴 것, 내 곁에 있는 게 무엇인지
말하지 마세요 제발

거미줄에 걸린 벌레의 파닥거림,
아무리 빨아도 지워지지 않는
속옷의 얼룩을 보는 게 나의 기쁨이니

기록

1

내가 뚫고 온 어스름이었다, 나는
내 발밑에서 갈라지는 얼음이었다

나는 우연을 섬겼고
나를 파괴하는 것들을 사랑하였다

불속에서 태어나 물속에서 사는
구멍 숭숭 뚫린 돌

나는 나를 증오하면서 그리워하였다
그것이 죄였으니

다른 날은 오지 않을 것이다
창문들은 흐려지고
신발은 헐렁해지고
말없이 하늘을 쳐다봐야 하는 시간이 많아질 것이다

2

공중을 날아다니는 파란 뱀들
손으로 만지면

순식간에 부서지고 태어나는 수많은 얼굴들

매일매일 나를 부르는 목소리가 있다

더 늦기 전에 나는
그에게 가야 한다
무덤의 흙을 파며 혼자 노는
그에게 고백했던 말
그 소년이 흙에게 속삭이던 말을 찾으러 가야 한다

내가 아니면 아무도 기록할 수 없는
기록하는 순간
사라지고 말

내 피에는 약냄새가 나고

내 입속엔 얼어붙은 눈
내 발목엔 진흙들
그냥 여기저기 돌아다닐 뿐이에요
바람 속을, 한밤 같은 햇빛 속을
수많은 그림자들을 품고 버리며 지나왔죠
한 모금의 커피
새벽의 담배
그것들이 나의 신이었다고 차마 말할 순 없어요
말해지지 않는 것들을 위해
말이 있으니
나는 지푸라기, 녹슨 칼, 펄펄 끓는 물,
다시는…… 다시는……
날마다 용서를 구하는
끝없이 기도를 배반하는
내 손은 차고 입술은 뜨거워요 내 피에는 약냄새가 나요
세상이 나에게 가르친 건
밥그릇 앞에 고개를 숙이라는 것, 하지만
머리가 발바닥에 닿아도 세상은 털끝 하나 바뀌지 않았죠
내 눈엔 모래들
내 발목엔 엉겅퀴 가시들
나는 내 입김으로 나를 위로할 수밖에 없죠
아주 먼 데서 아주 환하게
사람들은 펄럭이고

오늘은 나는
무덤 옆에서 춤을 추는 소나무들 속으로 걸어가요

아무데로나 흘러가는

　오후 세시의 의자에 앉아 햇빛 속 빗줄기를 바라봅니다 내 눈은 무릎 밑에 달려 있어 그들의 하반신만 보입니다 어제는 생각이 뚝 끊겨 집 반대쪽으로 차를 달렸습니다 큰 선인장들이 많은 도시였습니다 사람들은 그림자가 없고 평화하였습니다 나는 어느 집 문을 두드리다 돌아와 신발을 신은 채 잠들었지요 오 차디찬 물살의 잠, 물속을 펄럭이는 검푸른 옷들, 헛되고 헛되다 모든 것은 헛되니 헛됨의 기쁨과 슬픔을 누려라, 그이들의 얼굴이 너무 환해 쉬 깨어날 수 없었습니다 어느새 내 눈이 발바닥으로 옮겨갔군요 햇빛도 빗줄기도 사라지고 의자는 아무데로나 흘러갑니다 이것이 어떤 혁명인지 모르는 채 나는 흰 강아지, 파란 옥수수, 검은 돌이 되었다가 느닷없는 한 방 총성으로 흩어집니다

빗소리

빈집 처마끝에 매달린 고드름을 사랑하였다
저문 연못에서 흘러나오는 흐릿한 기척들을 사랑하였다
땡볕 속을 타오르는 돌멩이, 그 화염의 무늬를 사랑하였다

나는 나를 사랑할 수 없어
창틀에 낀 먼지, 깨진 유리 조각, 찢어진 신발,
세상에서 버려져
제 슬픔을 홀로 견디는 것들을 사랑하였다

나의 사랑은
부서진 새 둥지와 같아
내게로 오는 당신의 미소와 눈물을 담을 수 없었으니

나는
나의 후회를
내 눈동자를 스쳐간 짧은 빛을 사랑하였다

슈퍼 문

가을밤의 손바닥에
철철 넘쳐나는
달빛

속의 얼룩들,
몸부림치며 빛이 빠져나간 흔적 같은

내 눈이 빛을 얻고
내 입술이 말을 얻기까지
얼마나 많은 영(靈)들이 나를 다녀갔을까

잊혀진 것들을 생각합니다

지도 밖으로 흘러나간 길들
바다에 가라앉은 화산들
육지를 처음 걸어다닌 물고기 틱타알릭과
그 지느러미 같은 것들

어딘가에 숨어
한 방울 눈물의 온기로 견디며
나를 부르는

이 모든 것을 데리고 온

운명 혹은
우연

구석

구석을 좋아해요
구석에 버려진 의자를
구석을 지키는 그늘을

구석은 나를 싫어하죠
내 모습을 제 맘대로 바꾸곤 하죠
먼지로, 이끼로, 뿔이 솟은 천사로

—사라지지 않는 망각으로 가득한 것

구석은 어두워요 환해요
구석은 따뜻해요 추워요
구석은 너무 넓고 깊어요
눈과 귀는 열리고 입은 닫히죠

—아무리 때려도 울지 않는 것

구석의 밤, 불타는 가시덤불 속에서
나는 밥과 술을 꺼내요
죽은 친구의 웃음을
늘 크고 무거운 아버지의 구두를 꺼내요
이건 또다른 구석을 만드는 일

새로 태어난 구석들은
조금 불안한 표정으로 나를 바라봐요
저건 무엇일까
헝클어진 머리칼의 저 침묵은
양일까 늑대일까

—내 손을 잡고 눈보라의 춤을 추기도 하는 것

구석을 좋아해요
구석에서 타오르는 촛불을
저 눈물 속에 어른대는 사람들
아픈 살냄새를

구멍

1

오후 네시의 햇빛이 입술을 떨며 사라져갔다

쓰러진 참나무 둥치 옆
작은 구멍 하나

나는 모자를 벗어야 했다

2

왜 울어야 하는지 모르고 우는 울음
도무지 끝이 없는 울음을 부르는
그러다 혼자 남은 울음

이 번갯불의 문을 열자
사막이 펼쳐졌다 빙산들이 떠올랐다 매머드와 삼나무와
코끼리새가 몰려나왔다

내가 보였다, 허물을 벗듯 꿈틀대는
진흙덩어리가

3

들쥐에겐
파르르 수염을 떠는 구멍이 있고
뱀에겐 구불구불 움직이는 구멍이 있다

그것은
태초의 말
회오리치는 별들로 꽉 찬 침묵의 일부

4

한낮에
공중을 헤엄쳐 오는 상어를 본 적 있는가
당신을 향해 다가오는 굶주린 이빨이
당신이라고 생각한 적이

그렇다면 당신도 구멍의 종족이다
메워져도 검은빛이 새나오는

5

얼어붙은 하늘로도

내게로도, 당신에게로도 뚫려 있을 것이다
우리가 나기 전에도 있었고, 사라진 뒤에도 있을 것이다

숨쉴 때마다 깊어지는
이 구멍 속에서
옷과 신발을 꺼내 신고 걸어가야 한다

모든 사람을 통과해
한 사람에게로

나의 사순절

어떤 밤은
아무리 채찍을 때려도 움직이지 않는 말
또 어떤 밤은
부서지는 빙판을 걸어가는 늙은 곰
그 모습 멀뚱멀뚱 바라보는 펭귄의 짧은 날개
새로 생긴 무덤을 보고서
한바탕 통곡의 잔치판을 벌이다가
가까스로 눈이 떠진 어떤 밤은
너구리 굴을 훔친 여우
너구리를 잡으려다 여우 가죽을 얻은 사냥꾼 같은데
내 입이 진흙으로 봉해지고
내 눈이 철사로 꿰매져도
생글생글 웃는 오늘밤은
머리에 꽃을 꽂은 백치 소녀
나풀대는 치맛자락
흰 종아리의 핏자국

이면지에 쓰다
—김사인 시 「공부」를 읽고

잔바람에도 휘어지는 나뭇가지를 바라보는 일
쏟아지는 하수구 물소리에
어딘가에 두고 온 것과 그곳이 어딘지 잠깐 생각는 일
버러지 같구나…… 밑도 끝도 없이 웅얼대는 일
이것도 공부인가요?

지렁이의 꿈틀거림도 숭고하다, 는 말에
깜빡 속을 뻔했지요 그게 조크인 줄 모르고
어제는 종일 진흙탕을 헤집고 다녔더랬어요
흐드러지게 피어나는 꽃들도 실은
죽자 살자 난투극을 벌이고 있는 것

태연한 표정으로 밤을 기다리는 창문들은
옷걸이에 걸려 있는 옷들은, 다락으로 놓인 작은 사다리는
분명 무언가를 숨기고 있는데
그게 뭔지 모르겠어요
꼭 잠들 때면 들려오는 이상한 기척들

추적자에서 도망자로 바뀌는, 그러다가 실종되는 꿈을 꾸
곤 합니다
탁자 위의 저 물병, 빈 물병의 눈길이 두려워요
그러나 웃지요 티 없이 활짝
웃어야만 해요

이건 또 무슨 공부인가요? —

—

귀래

달만 보다 왔어
그믐에서 보름까지
달 속엔 달빛을 퍼올리는 손들이 있더라구
머리에 수건을 동여맨
막일꾼들의 손
모르는 척했지 뭐
그이들도 속사정이 있을 테니까

보름달이 제일 좋더라구
기억들이 다 용서받을 거 같아서
무엇이든 다 사라질 거 같아서
그 어둠으로
망각의 눈동자에 새파란 빛을 새기곤 했지

술이 비워진 술통 같은 밤들

순명하고 싶지만 순명할 수 없는
누군가의 마음이 들락날락했어
옥수수밭의 옥수수들이 막대 폭탄처럼 흔들렸어
소나기에 잠기며
소나기를 밀어내며

8월인데 추웠어

가만가만 불러도 숨는 것들 많았지
누런 종이로 얼굴을 가린 것들

* 귀래: 강원도 원주에 있는 작은 마을.

뿔

불러서는 안 될,
꼭 불러야 할 이름이 있기에
만나서는 안 될,
꼭 만나야 할 것이 있기에

한 걸음 한 걸음 계단을 오를 때마다
그만큼 더 높아지는
옥상

당신으로 인해
배고픔과 목마름이 심해지지만
이 허기와 갈증으로
나는 살아 있으니

언젠가 언젠가
옥상에 닿으면
이글대는 땡볕에게 배꼽 인사를 하리라
퍼붓는 천둥 빗줄기 속
빗방울처럼 뛰놀리라

철없는 것만이
나를 이기고 세상을 이기고
당신과 맞설 수 있을 테니

그 망망대해 절벽에
어린 흑염소 한 마리 풀어놓으리라
구름을 치받으려
천방지축 내달리며 뛰어오르는!

2부

아침마다 낯선 곳에

원룸

일인용 옷장, 일인용 탁자, 일인용 부엌……
일인용 낮과 밤도 있습니다

일인용 침대는 너무 커서
먼바다 물결들이 밀려오곤 하지요
대부분 착하고 순하지만
그중엔 미친놈들, 제 목을 제가 물어뜯는 놈들도 있습니다
그럴 땐 이불을 머리끝까지 당겨 덮어요 발이 좀 시릴 뿐
이죠

라면을 먹다가 문득
죽은 친구가 생각날 때면
쾅, 쾅, 쾅,
누가 문을 두드리고 지나갑니다

어두워져야 보이는 뭔가가 있어요
맨날 보이는데 뭔지 모르겠어요
하염없이 녹아내리는 눈사람 같고
활활 타오르는 숯불 같고
수시로 모양과 색깔이 바뀌는 모자 같은 것들

요즘은 밤마다 나무조각을 하는 꿈을 꾸곤 해요
웃는 나한을 새기고 매(鷹)를 새기고

절벽에 길을 내는 산양도 새끼죠

그런데 깨어나면 왜

내 팔다리며 목덜미에 흉터가 생겨나 있는 걸까요?

빨래

　큰딸 효은이가 영종도에서 호캉스를 한다며 카톡 카톡 카
톡 사진을 보냈다 유리창 가득 출렁이는 석양의 물결들, 룸
서비스로 바비큐갈릭치킨과 칭다오 맥주를 먹고 있었다 그
래 잘했어! 쾅쾅 별 다섯 개 날렸다 근데 호텔비가 얼마니?
비싸진 않니? 지직 지직 지방대 선생의 핸드폰이 물었다 성
수기라 좀 비싸 그래도 괜찮아, 삼 년 차 은행원의 신용카드
가 또랑또랑 대답했다 같이 왔으면 좋았을 텐데, 라는 말은
들려오지 않았다 아마 우리나라 통신망 문제 같았다 쯧쯧
시커먼 얼굴의 침묵이 혀를 차며 지나갔다 아빠 뭐하세요?
저녁은 드셨어요? 갑자기 존댓말이 흘러나왔다 응 빨래 개
키고 있어 곧 저녁 먹을 거야, 그러곤 덧붙였다 아빤 빨래 개
키는 게 제일 좋아, 전화를 끊고 다시 빨래를 개키면서 생각
했다 주름진 바지며 셔츠며 양말들— 이것들이 나무늘보 날
개인지 상어 발바닥인지 도무지 무엇인지 알 수 없는데 나
는 왜 기분이 좋아지게 된 걸까? 언제부터?

춤추는 TV

제기랄, 아내와 아이가 없는 원룸에는 TV가 있네 먹방과
트롯 열전과 가짜 뉴스 같은 나의 현생을 UHD 화면으로 보
여주는 TV, 빌어먹을, 내가 없을 때만 환해지는 나의 원룸
에는 나를 깨우고 잠들게 하는 TV가 있네 잠들기 전엔 꼭
물결치는 사막의 짐승 뼈를 클로즈업하는 TV

성모성월의 장미꽃 같아라
비문이 뭉개진 빗돌 같아라

빨간 뚜껑 소주 한 병만 건네면
헌 신발 머리에 얹고 춤을 추는 TV

더 헛된 꿈을 꾸라고
세상과 끝까지 거짓을 겨누라고

원룸에 대한 기록

1. 발로 차면 UFO가 되어 날아가는 깡통 같은 것.

2. 날짜와 요일, 낮과 밤이 마구 뒤섞인다. 창문 블라인드만 내려도.

3. 무덤이며 광야. 망각, 안식, 고행, 실종, 추적은 풀 옵션이다.

4. 밤 두시와 세시 사이, 천장에서 쏟아지는 흰구름과 청개구리와 장미꽃들.

5. 그만 노래하고 싶은데 자꾸 노래가 흘러나오는 악기. 노래를 해야 하는데 부서져버린 악기.

6. 어스름이 열어주는 단 하나의 문. 불이 켜지면 더 어둡다.

7. 아직 터지지 않은 번갯불, 제 몸의 얼룩무늬를 벗으려 질주하는 얼룩말, 눈꽃을 가득 피워올린 고사목— 이따금 찾아오는 방문객들.

8. 모텔과 정신병원 사이에 있는 것. 여기서는 누구도 제 얼굴을 정면으로 볼 수 없다. 그 누구도 제가 하는 말을 이

해할 수 없다.

9. 원룸은 저를 천국, 시궁창, 야동이라고 생각한다. 사실은 외뿔 짐승인데.

10. 구석으로 번지는 벽지의 얼룩들. 알 수 없는 곳으로 나아가는 수행자들.

11. 부서지면서 움직이는 눈동자들이 있다. 그 눈동자의 빛을 지키는 것들이 있다.

12. 터널, 터널, 터널들.

아침마다 낯선 곳에

한밤의 이마에 얹히는 손,
촛불 같고 서리 같은 그 손이 누구 것인지
더이상 묻지 말자

기도하지도 말자, 더 외로워질 뿐이니

잊고 잊히는 일은 유정한 일이어서*
나는 날마다
사라지는 별의 꼬리에 매달려 춤추는 꿈을 꾸고
아침마다 낯선 곳에 와 있고
—저를 부르지 마세요, 저는 제 이름을 몰라요
흩어진 알약, 멈춘 시곗바늘이 되고

   얼어붙은 눈더미, 눈더미 사이로 빨강 모자들이 지나갔
습니다 유리구슬 소리 낭랑하였습니다 발자국은 보이질 않
았습니다

* 장옥관 시 「일요일이다」의 "버리고 버림받는 일은 유정한 일이
다"에서.

나무의자

쏟아지는 장대 빗줄기 속에서 간신히 나무의자를 하나 건
졌습니다
등이 벗겨지고 기우뚱, 한쪽 다리가 짧은 놈이었습니다

아무리 말을 붙여도
묵묵부답

숨어서 다른 것들의 모습을 빛내는
어슴푸레한 그림자들이
왔다갔다했어요

내가 앉으면 사라질 것 같았어요

생각 끝에,
진흙투성이 신발 한 짝을 올려두고
108배를 올렸습니다

눈물을 빛으로

정면은
너무 어둡거나 너무 환해요
도대체 정체를 알 수 없어요

이젠 그 너머를 봐야겠어요

뿌리들은 무슨 열매를 준비하고
알들은 어떤 죽음의 깃털을 다듬고 있는지

세상이 온통 수렁 같을 때도
숨을 좀 가다듬고
더 깊이, 찬찬히 살펴보면
숨어 있는 다른 게 보일지 몰라요

꼬리를 흔들며 짖어대는
아침 풀밭의 이슬들,
유리창에 부딪혀 한쪽 날개가 고장난
천사의 쑥스런 표정,
냉장고 문을 열면 방긋 웃는 새끼 곰들

그래요 나는 지금
눈물을 빛으로 바꾸고 있는 중이랍니다

내 발소리에 놀라 달아나는 바퀴벌레에게
별일 없나? 밥은 잘 먹나?
안부를 물으며

잠들 때면

하루일을 끝내고 잠들 때면 내 머리맡에 돌이 하나 놓이
곤 합니다

열두엇 소년의 주먹만한
새까만

—저에게 눈을 맞추어보세요, 당신 뒷모습이 보일 거예요
저를 만져보세요, 당신의 신의 목소리가 들릴 거예요
당신 속에 있는
당신도 모르는
꽃과 미소와 번개를 꺼내보세요
그곳으로 저를 데리고 가세요

내 눈과 귀가 뭉개지지 않고서는
아무것도 볼 수 없고 들을 수 없지만
나를 지켜주는
누군가의 눈길 같은
돌

내 손이 닿으면
물잔이 되고 꺼진 스마트폰이 되고
허공의 뜨거운 살이 되는

이 밤은

나의 자식이며 아버지며 빈집이다 이 밤은
내가 키우는 사냥개,
내 어깨를 물어뜯는 굶주린 이빨,
사방으로 튀어오르는 핏방울이다

자다가 일어나
김치 컵라면을 먹는 밤

당신을 사랑하는 일은 나를 배반하는 일이었다고
울고 있는 흙, 타오르는 진흙을
제 눈에
제 얼굴에 마구 뿌리는
이 밤은

시궁창의 구더기다 깨진 유리 조각이다 짓이겨진 담배꽁
초다
이것들을
다정한 나의 형제여, 라고 부르는
실성한 입술이다

비어 있는 침대

바닥에서 잠을 잡니다

마음이란 게 없었으면
기억들이 다 사라졌으면

구멍 같은 거울에 입김을 불어넣습니다

나의 적들은 나를 통해 싸우고
나는 죄를 통해 날마다 새로워지고

당신이 보고 싶을 때마다 〈동물의 왕국〉을 보곤 하지요

잘 생각나진 않지만, 당신 부탁으로
확인할 순 없지만, 당신 허락으로
내가 지금 여기 있습니다

어디서 누군가 숨어 부르는
나지막한
애끓는
문득 끊어지는 노래의 한 소절처럼

내가 숨쉴 때마다 아픈

나의 하나님, 새벽마다 잠 깨어 나는 당신을 부릅니다 당
신은 언제나 내 곁에 계시니, 내가 부를 때마다 젖은 걸레
로, 변기의 얼룩으로, 빈 의자의 삐걱임으로 응답하시니
　내가 아플 때마다 환히 웃으시는 당신

진흙덩이를 주소서
깨진 술잔을,
무엇이든 닿으면 재가 되는 손을 하나 주소서
나는 지금 떨고 있는 가시나무 한 가지와 같으니
가시에 찢겨지는 당신 얼굴을
내 손에 담으소서

사랑하는 나의 하나님,
내가 숨쉴 때마다 당신은 아프시니

미제레레

창문들은 어떻게 저렇게 환한 표정으로
지는 해를 맞이할 수 있을까

아무리 들이켜도 갈증이 나는
이 물병은 무엇일까

구겨진 휴지 같은 이 그림자는
내가 사라지면 어디로 가서
어떤 모습으로 살아갈까

2

찬미 받으소서, 먼지들은
죽은 벌레, 해진 걸레들은

빈 소주병과 노숙의 새까만 발들은
감겨진 눈의 눈물,
통증 없이는 빛나지 않는 별들은

언제 어디서나 오로지 제 몸 하나로
저의 가난과 추위를 지키는 것들은

그 가난과 추위의 이름으로
찬미 받으소서

3

밥냄새, 살냄새 좇아왔습니다 저희 피가 이끄는 대로, 저
희가 저희를 잊고 깨우며 여기까지 왔습니다

저희는 진흙처럼 목이 쉬었고
어느 하루도
돌을 가슴에 얹지 않고는 잠들 수 없었습니다

머리카락 한 올

시월 아침
자르르 윤이 나는, 꼬불꼬불한 머리카락 한 올
방바닥에 떨어져 있다
누구 것인지 모르지만
이것은
사랑의 기쁨과
사랑을 만드는 힘이 무엇인지 아는 이의 것
그의 몸을 떠난
머리카락을 집어들면
꽃가지를 물고 들판을 뛰어다니는 어린 곰처럼 웃지만
물만 묻어도 아픈 손처럼 울지만
그 웃음과 울음 사이를 깊이 내려가면
처음 보는 밤의 극지가 있어
눈보라를 맞으며 만월의 달이 떠오르고
고해하듯
탄원하듯
찬미하듯
얼음 속에 얼음 터지는 소리

거기, 당신들이 있어

부엌 쪽창으로 쳐들어온
11월 황혼
파 냄새를 내는 매운 황혼빛

거기, 당신들이 있어
아이들 밥도 못 멕이고
구석에 웅크려 허기 같은 시 몇 줄 쓰고
그래도 세상에 나와 할일 다 했다고
씨익 웃는 잔을 드는 어처구니들
김종삼
이중섭
윤용하
헐벗은 무구의 영혼들

칼날이 내 이마를 겨누네

숟가락별

너는 장미, 너는 모래고양이, 너는 카시오페이아…… 자꾸 늘어나는 알약들에게 새 이름을 붙여봅니다. 때때로 나도 내가 싫은데 나를 좋아하는 흰 머리카락들, 눈가의 주름들이 무슨 성물(聖物) 같군요. 이따금, 밥을 먹을 때, 내게서 떠나간 것들과 아직 도착하지 않은 것들을 생각합니다. 그 사이의 망망대해, 망망대해를 품고 있는 섬 하나를. 허나, 슬픔이든 기쁨이든 저 혼자 할 수 있는 일은 없을 테니 나의 기도에도 더이상 뉘우침은 없을 테지요. 열매들이 떨어지고 낙엽이 쌓이는군요. 뒷모습을 들키지 않으려 한순간에 무너지는 집들. 어스름의 묘지들이 빵처럼 부풀어오릅니다. 폐기종을 앓아도 담배를 끊지 않는 내 몸의 불학무식은 어떤 위안도 구하지 않지만, 새벽에 깨어나 얼음 같은 숟가락을 이마에 대보곤 합니다.

12월

달이
사냥개처럼 달려오고 있소

옷을 찢으며 통회한
어제의 고해는 거짓이어서
내 입에서 잿빛 머리카락들이 쏟아지고 있소

피도 피비린내도 없는 싸움이 시작되고 있소
비참의 해맑은 웃음도 만날 수 있소

망각이 나를 지켜줄 거요
단 한 번도 사랑에게 닿지 못했으나
모든 것의 주인인 망각 속에 나는 살아 있을 거요

주저앉은 바퀴
얼어붙은 걸레
담 밑에서 끊임없이 울어대는 새끼 고양이의 모습으로

3부

첫 고백인 듯 마지막 약속인 듯

별이 돌멩이처럼

손 한 번 못 잡고, 미안해서
고맙다는 인사도 못하고 이별한 게 많답니다
그래서 꽃에게 쫓기는
이상한 꿈을 꾸는 걸까요?

새벽 두시 파로호
툭 툭
돌멩이처럼 떨어지는 별들

저것이
순명인지 자결인지 알 수 없지만

나는
맨몸으로 세상을 건너는 사람들의 말을 듣고 싶어요
그 사람의 말로 말하고 싶어요
내 입술이 침묵하는 것
내 입술을 침묵하게 하는 것들을

마지막 눈꺼풀은 내가 닫을 거예요
용서 따윈 바라지 않을 거예요

유월은

며칠 낮밤을 두들겨 패도
매지리의 녹음은 무릎 꿇지 않는다

급류의 물살은
수많은 무덤을 짓고 허물고

불쌍하고 장엄해라, 목쉰 빗줄기들은
떨어지는 열매들과 뒤집히는 못물과 급히 날아가는 새들은

유월은
짖지 않는 검은 개
붉은 눈

아무리 빌어도
매지리의 저녁은 나를 용서하지 않는다

절하듯
쉰내나는 몸을 구부려
간신히 하루치의 밥을 꺼내는 사람들, 젖은 흙발들

해가 지면 다시

1

소나기 지나간 뒤
소나기 맞는 듯 흔들리고 있는
매지리 산밭 옥수수들

긴 이파리를 펄럭이면서
가슴팍을 시퍼렇게 때리면서
나에게 물었다

어째서 우리는 삼나무나 앵무조개가 아닌지
처음 모습 그대로 살아갈 수 없는지

울리지도 않은 핸드폰을 열어야 했다 괜히
신발 밑창의 진흙을 털고
또 털어야 했다

2

해가 지면 다시 밤낚시를 가야겠다

감옥 같은 구룡못
직벽 앞에서

어둠의 힘으로 타오르는 쩌불에게
물에 잠긴 채 잎을 피운 버드나무 가지에게 물어봐야겠다

왜 세상 모든 곳은
무덤이며 성전인지

이곡

누구의 명령으로 해는 지는가
누구의 명령으로 물은 얼룩말처럼 달아나는가

왜 덤불은 불타고
거미는 곧 부서질 망을 짜고
방죽 길은 끝없이 휘어지며 길어지는가

바람이 붉은 아가미를 퍼덕이고 있다
허물을 벗어도 비늘 하나 못 바꾼 뱀들이
내 속에서 울고 있다

진흙 바닥에 처박혀
몸 뒤트는 돌들,
찢겨진 채 펄럭이는 검은 비닐들

도대체 무엇을 기다리는지
왜 기다리는지
언제까지 기다려야 하는지

죽어서도
저토록 아프게 가지를 치켜든
물속의 고사목들

눈

석양의 구름들이 조용히 사라집니다
어제와는 다른 모습으로

당신을 생각하는 일은
어버버 어버버
부러진 나뭇가지로 땅바닥을 두드리는 일과 같습니다

서로 끝없이 끌어당기는
하나가 되지 않는
기이한 힘으로 우리는 존재하고

나의 옷과 신발은
어디에도 없습니다
내게도 나는 두렵고 크고 작고 가난한 것이니

당신을 껴안으며
당신을 잊듯이

저무는 저수지 빙판 위엔
수없이 원을 그리는
파아란, 새파란 빛들

배론

획
별이 하나 떨어졌다

사라짐으로써 확인되는
한줄기 칼날의 빛

잠시 고개 숙여 성호를 그었다

저희는
분노와 부끄러움의 힘으로 밥을 구하며
배 밑바닥 같은
이 골짜기까지 왔으니

좀더 낮게
좀더 아프게
한 걸음 더 나아가게 하소서

당신이 부르시는 곳 그 어디에도 저희는 없었고
당신은 저희를 잊으셨으니

저희가 사라진 뒤에도 살아 있을
한 방울 눈물로
저희의 죄를 씻고

당신의 슬픔을 불태울 때까지

* 배론(舟論): 충북 제천에 있는 천주교 성지.

소나기

노랑멧새들 총알처럼 덤불에 박히고
마루 밑 흰둥이는 귀를 바르르,

갑자기 컴퓨터 화면이 시커메졌다

화악, 입안 가득 차오르는
화약 같은 생흙 냄새

세상이 아픈 자들, 대속(代贖)의 맨발들이 지나간다

문학동네시인선 218 전통균 시집

한밤의 이마에 앉히는 손

자꾸 늘어나는 얌전들에게
제 이름을 붙여봅니다

눈물을 빚으로

일인용 낮에 받도
있습니다

8월인데
추웠어

구석을 좋아해요

한밤의 이마에
앉히는 손

모든 사랑을 통과해
한 사람에게로

마음이란 게
없어으면

냉장고 문을 열면
방긋 웃는 세끼 곰들

훔쳐온 볼펜

명례성지 지하 성당엔 삐뚤빼뚤 열두 개의 창문으로 빛이
흘러들어오데예

지마다 모습이 달랐지만
고개를 떨구고 혀를 꽉 문 채 삼키는 울음 같았심더
소리 없이 활짝 웃는 몽당니의 웃음 같기도 했지예

그 빛이 사라지는 순간,
지하의 어둠이 도착하기 직전,
제대에 놓인 볼펜 한 자루를 슬쩍 훔쳐왔심더

흔하디흔한 검정 볼펜이었어예

종이에 쓰니 글자들이 스르르 녹아내리데예
허공에 몇 자 적으니 소금처럼 빛났심더

내가 쓰지 않은 글자들이 자꾸 생겨났심더
차마 쓸 수 없는, 죽을 때야 드러날 마음 바닥을 불러내
는 건지

휴지통에 버렸다가 다시 꺼냈다가
우짜믄, 우짜믄

천지간

내가 저 젖은 나뭇가지였을 때
폭설의 겨울을 견디어낸, 뒤엉킨 잡목가지 중 하나였을 때

오늘처럼
물병을 든 사람 하나 지나다가 문득 멈추어 섰지
저녁엔 뭘 먹지? 하는 표정으로
하늘을 쳐다보다가
또 한 사람이 무덤 앞에서
우두커니 산 아래 마을을 바라보는 것을 몰래 지켜보다가
오줌발 길게 풀어내고는 빠르게 걸어갔지 그 뒤엔
흙들이, 본디 말이 없는
흙들의 밤이 두리번두리번 몰려왔지
점점 깊어지는 숲속 어딘가
숨어서 반짝이는 살얼음 같은
삶을 마중하듯이

소리 높여 어치는 울고
붉은 머리 새끼 어치는 휘파람소리로 따라 울고

버려진 모자

태풍 지나간 북한산 계곡
부러진 큰 나무줄기 옆에
흙물 든 감빛 모자 하나

어쩐지 낯이 익었네, 낡고 더러웠지만
내가 쓰면 딱 어울릴 것 같았네

진관사 저녁 종소리에
침엽의 나무들 이파리 떨며
파르르, 제 속을 겨눌 때면
모자는 하늘로 날아갈 듯 부풀어올랐네

늙어도 늙지 않는 게 사랑이었으면
마음이 시키는 대로 살았으면, 그랬으면
싱그러운 눈 반짝이며
노래하는 깃털들

—아냐, 이건 모자가 아니야 덫이야 불붙은 뇌관이야

이 모자를 쓰면
빌어먹을, 세상에서 쫓겨날 거 같아
가까스로 잠재운 야생의 피가 소용돌이칠 거 같아
한참을 망설이며 망설이며 그 앞에

다대포

이건 참 커다란 자루야,
주인이 없어
누구나 제 맘대로 무엇이든 다 꺼내는
사랑 같고
슬픔 같은

K는 얼어붙은 웃음을 한 보따리 꺼내고
J는 시퍼렇게 벼려진 칼을 꺼내고
S는 숨쉬는 재를 한줌 꺼냈지

아침에도 밤에도 해가 지는 바다
끝내 어두워지지 않는,
어두워지지 않아도 깊어지는
물결들

들킨 듯 잠깐 제 상처를 드러낸 바위들이
다시 조용히 물속에 잠겼다가
성벽처럼
내게로 밀려오는데

더는 새로 얻을 몸이 없다며
누군가
제 시체를 끌고 가듯 모래밭을 걸어가는

끝없이 걸어가는
일몰

—

독락당 모란꽃

혼자서는 들어갈 수 없다

담장 살창으로 높아지는
자계천 물소리

물속의 돌들은
사나워진 물살을, 물살에 쓸리는 제 마음을
어떤 자세로 견디고 있는가?

회재여, 인의(仁義)는 하늘의 것이나
사람에게 와서 사람에게 가야 하는 것
논다니 좀팽이 비렁뱅이 돌무지의
밥이 되고
술이 되고
목쉰 젓가락 장단의 노랫가락에도 출렁대야 하는 것

그러나 오늘의 일은 어제와 같아서
경전의 말은 헛되고 헛되어서

햇볕 속인데도 어둑한 마당
빈손의 마당에서
뒤늦게 활짝 피는 모란꽃을 읽는다

세상으로부터
저로부터
스스로 쫓겨난 자의 넘쳐나는 갈증

* 독락당(獨樂堂): 조선 중기의 선비 회재 이언적이 낙향해 살던 곳.
경주 안강에 있다.

막돌

풀리는 오대천 물가에서 한 사내가 하는 말은

낮밤 없이 휘몰아치는 눈보라 속에
얼음 구덩이 하나 못 파고
헌 신발 한 짝 파묻지 못하고

동피골 긴 겨울
빈집 개들의 친구가 되어 잔반 몇 번 나르다가
머리털만 허옇게 센 사내가

2월 햇볕 속에 숨어 하는 말은

떠 흐르는 얼음에게
떠 흐르는 얼음에 앉아 깃을 터는 새에게
첫 고백인 듯
마지막 약속인 듯 하는 말들은

모두 다 거짓말이리 서러운 거짓말이리 영영 안 잊힐 거
짓말의 헛무덤이리

그 섬의 개들

그 섬의 개들은 짖지 않는다
목줄도 없다
암캐든 수캐든 어미든 새끼든
하나같이 돌담 그늘에 배 깔고 누워 있다
눈만 끔벅대고 있다
소만(小滿) 때의 햇볕과 바람이 아무리 불러도
먼 데만,
수평선 저쪽만 바라보고 있다
파도 소리 높아지고 황혼의 구름들 낮게 깔려오면
그제야 몸을 일으켜
버려진 돌에 오줌을 갈기고
앞발로 굴리며 논다
그 속에 누가 있기라도 한 듯
납죽 대가리 숙여 살랑살랑 꼬리 흔들다가
으르렁, 송곳니 번뜩이다가
혓바닥으로 핥는다
제 몸을 핥듯 핥는다

아직 불어오지 않은 바람에 떨며

동행은 사라졌다
골짜기는 일찍 어두워졌다
흩뿌리는 빗방울에 젖는 층층나무가
한순간 목청껏 노래하고 춤추는 새가 되는 것은
또 그런 장면을 목격하는 것은
오래된 약속,
나는 파르티잔의 담배를 피운다 조용히
신발을 벗는다
이 작은 골짜기 어디에
이토록 많은 서쪽들이 숨어 있었을까
애를 두엇 잃은 여자 같은 하늘이
함부로 나무줄기를 휘감다 끊어진
천애고아 덩굴들이 나는 좋다
잘못 도착하긴 했지만
천황산 상고대숲을 통과한 일만으로
이 삶은 괜찮았다, 끝까지 잘 모셔야 한다고
바위들 속으로 들어가는 물소리

아직 불어오지 않은 바람에 떨며 나는 서 있다
누군지 모를 당신과
가슴을 맞대고

4부

말과 말 사이에 그늘이 펼쳐지면

찬란

옥상이 많아져요 가을엔
옥상으로 올라가는 신발들이

옥상은 늘 혼자지요
더듬대는 목소리로
주머니늑대, 나그네비둘기, 순정, 천사……
멸종된 이름들을 부르곤 하죠

괜찮아, 괜찮아,
가끔 어깨를 쓰다듬는 손길이 와 닿기도 하지만
그건
어디선가 쫓겨온 가랑잎들
막힌 배수구에 고이는 빗물들
한바탕 내전을 치른 빈 술병들

이제 누구든 힘센 자들 앞에서는 모자를 벗지 않으려 해요
부러진 나뭇가지나 젖은 재, 어린 물결들에겐 존댓말을
하고요

옥상은 비어 있는 거 같아도
캄캄한 거 같아도
별자리들이 참 많아요

제 속을 응시하는 눈길과
세상을, 그 너머를 바라보는 눈길이 만나 생겨나는

꽃이 때린다

아파트 화단 앵두나무에
앵두꽃이 피었다
코로나를 뚫고

저가 피고 싶어서 피는 건 아니겠지만
나더러 보라고 피는 건 더더욱 아니겠지만

봄이 와서 앵두꽃은 피고
봄이 와서 머리가 더 허예진 사내가
어린아이처럼 그 꽃을 보는 것은
어딘가 다른 곳, 다른 시간 속에서
누군가와 함께 보는 것은
어쩐지 좀 미안하고 기쁜 일

쬐끄만 흰 꽃들은
편종 소리를 내며
나를 때린다

—제가 떠나가면 당신도, 세상의 누추도 사라질 거예요

우리도 모르는 사이에 우리는

서성거리며 서성거리며 삼월을 맞는다

삼월은
눈도 못 뜬 새끼를 핥고 있는 개

그늘을 감춘 돌, 미안한 일 많았다고
이마를 떨고 있는
담 밑의 잔설

탁, 탁, 탁, 비탈을 오르는 스틱 소리
웃고 있는 벙거지
한 모금 물

봄볕이 두려웠다는
그래서 착하게 살았다는 이를 생각하며 우리는
우리도 모르는 사이에
그이의 손을 모시고 와
가본 적 없는 나라의 지도를 그리니

까마득한 지평선

젖어드는 발

봄볕이여, 당신 이름을 알려주세요

막힌 하수구를 뚫고 화장실 변기를 고쳤습니다
덜컹대던 창문을 갈고
신발장을 정리하고
탁탁, 빨래들을 허공에 널었지요

토끼들이 지붕에서 지붕으로 뛰어다니네요, 고것들, 참

가슴에서 새알을 꺼내 굴려봅니다
어머니가 그랬던 것처럼

우리가 자주 발을 헛딛고 쓰러지는 건
마음이 약해서가 아니라, 모자란 인간이어서가 아니라
기울어져 돌고 있는 지구에 살기 때문이라고

호스를 감아쥐고 마당에 물을 뿌립니다 인사를 하듯이

눈이 새까만
인제 막 몽정을 시작한 소년들이
웃고
울고

초록이 와서 온 세상이 기뻐하지만
초록을 미워하지 않고는 견딜 수 없어요

봄볕이여
당신 이름을 알려주세요
그냥 한번 불러나 보게요

숨겨둔 의자

내게는 숨겨둔 의자가 하나 있다

이것은
소나기를 포획해 만든 것

무슨 비밀을 감추고 있는지
날마다 자세가 바뀐다

내가 '반달!' 하고 부르면
첫아이의 울음소리를 내는 것
늙은 어머니의 안쓰러운 표정을 짓기도 하는 것

아무리 흔들어도 꼼짝 않지만
저 혼자 있을 때면
커다란 날개를 펼친다
말이 끝나는 곳
마음이 다하는 곳으로

거지가 된다
성자가 된다

금간 질그릇이 된다, 이 의자에 앉으면

이 밤을 무엇이라고 말할까

여기,
봄에 피는 꽃은 가엾고
가을에 피는 꽃은 무섭다고 중얼대는 밤이 있다

얼굴을 쓰다듬으면
빗물이 쏟아지고, 모래가 쏟아지고, 매캐한 그을음이 쏟아지는 밤

춤추지 않고서는 숨쉴 수가 없어
그림자를 부둥켜안고 춤을 추는

간곡한 부름 없이 별은 떠오르지 않는다는 거짓말에
또다시 속는, 속는 척하는, 그래야만 하는

쓰레기통 속에서 웃고 있는 헝겊 인형 같은 밤

(   ) (   ) (   )
(   ) (   ) (   ) (   )로 이어지는

(   ) 속에서 빨강 코 어릿광대들이 뛰어나오는 밤

무너지면서 높아지는 제단의 촛불
제 얼굴만 비추는 떨리는 빛

예버덩

누구일까
마당에 비를 맞고 서 있는 사람은
곰이 되었다가
가시나무가 되었다가
진흙 덩이로 바뀌고 있는 저 사람은

이 유리창을 부수면 그를 구할 수 있을까
이 유리창이 부서지면 그가 사라지지는 않을까

녹음의 피비린내 자욱한 8월 오후
누군가 텅 빈 마당에 서 있다
나 대신 일을 하고
나 대신 밥을 먹고
나 대신 사랑과 분노에 잠을 뒤척이는 사람

한밤중 화장실에서 만났을 때
허벅지를 스치는 오줌 방울에 몸을 떨며
오랜만이군, 잘 지내?
나직이 안부를 묻던
낯선 목소리

그가 빗줄기 속에 서 있다
불꽃의 춤이 되고 싶었던 얼음이 되고 싶었던

수많은 밤을 기억하며
나를 바라보고 있다

웅덩이를 넘쳐나는 빗물들

* 예버덩: 강원도 횡성군 강림에 있는 지명. '예버덩 문학의 집'이
있다.

감나무 아래

아침처럼 오는 밤을 만날 것이다

머리를 짧게 깎고
헌옷을 깨끗이 빨아 입고

막 떠오른 달이 태양처럼 타오르는 것을 지켜볼 것이다

눈은 멀어지면서 새파란 빛이 돌 것이다
지나가던 사랑이며 허망이 큰 소리로 불러도
못 들은 척할 것이다

감나무는 감나무로 빚어졌으니
어쩔 수 없이 이파리를 흔들어
차디찬 물살의 그늘을 짓고

모른다, 모른다, 아무것도 모른다
고개를 내젓는
내 손에서 손가락들이 빠져나갈 때

도둑괭이는 훌쩍 담 위로 뛰어오르고
풋잠 깬 아이는 소스라쳐 울고
마당의 흙들은 다시 의젓해질 것이다

때로는 칼이었고 꽃이었던,
그러나 저를 아끼지 못했던 기억들이
그 모습 바라볼 것이다

아프게
기쁘게

유품(遺品)

1

이것을 슬쩍 머리에 얹어봅니다
당신의 〈황성 옛터〉가 더듬더듬 내 입에서 흘러나옵니다

오늘밤 이것엔 작은 구멍이 하나 나 있군요
꼭 무슨 문 같아요
어머니를 잃은 여섯 살 아이의 눈빛으로 조심조심 두드려
야 열릴 거 같아요
가까스로 들어가면 무엇이 있을까요?
수많은 미로가 뒤엉켜 있을까요?
장총을 끌며 얼어붙은 강을 건너는 소년병이 보일까요?

2

사각사각 연필을 깎아주던, 혁대로 내 몸을 휘갈기던, 늙
은 거지에게 공손히 밥상을 차려주던, 한밤의 대청마루에
석유를 뿌리고 라이터를 켜던
아버지,
당신의 분노와 탄식이 나의 밥이었으니……

이 갈색 중절모가 무엇인지 알 수가 없어
나는 당신을 생각하고, 미워하고, 잊으면서

당신을 살아갑니다
당신 어깨에 박힌 총알 파편처럼 살아갑니다

먼저 걸어가는 밤

늦은 퇴근길
달이 구름 속에 잠기고 있다

단풍 한창이라지만
그건 먼 곳의 일

태풍 지나간 야간 공사판엔
드럼통 모닥불이 재를 날리고
흙투성이 모자 몇
컵라면을 먹고 있다

구름을 빠져나올 땐 환해지지만
내게로 오면 아슬아슬
살얼음 달

두려움 없이는, 입술 깨무는 뉘우침 없이는
저녁 식탁을 마주할 수 없어
걸음이 멈출 때
나를 위로하는 이여, 당신 손이 더 아파서
집은 까마득히 멀어지는데

백팩을 메고 앞서간 밤은
어느새 혼자 실컷 운 뒤의 말끔한 얼굴로

GS25 불빛 아래
낯선 사람처럼

멀리 먼 더 먼

나무를 휘감아 올라가는 덩굴들,
저것은 싸움일까 놀이일까
싸움이라기엔 즐겁고
놀이라기엔 어쩐지 장엄

싸움과 놀이 사이에 한 생이 있고
그늘은 때로 출렁이며 환해지는데
나는 약봉지를 들고 서서
공복의 담배를 태우네

채혈 주사기 속 내 피는 붉었으나
사라져 돌아오지 않는 기억들
화물을 가득 싣고 덜컹덜컹
공중을 달리는 검은 트럭들

짧은 휴식이 끝나면
남의 것 같은 몸을 데리고 나는 걸어가야 하네
오래 살았지만 낯선 도시와
스마트폰에 고개 묻은 사람들,
눈물로 켜지는 성전의 촛불들을 지나

멀리 먼 곳에 더 먼 곳이 있으니*
나를 애타게 기다리고 있을 테니

여기 이곳
키가 작고 얼굴이 까만 당신이
내 모습을 뚫고
보일 듯 말 듯 웃으며 지나가는 시간에게로

* 오정국 시 「그곳이 어딘들」에서.

안과 바깥

말을 아끼려 해요

말과 말 사이에 그늘이 펼쳐지면
나를 바라보는 당신이 보여요

해 뜨는 벌판에서 싱글벙글 똥을 누는 당신
자일을 끊고 크레바스 속으로 사라지는 당신

나는 내 것이 아니에요
당신 것도 아니죠

우리는
밥과 사랑과 시간의 하인
하룻밤 새 모든 꽃을 데려오고 데려가는
바람의 하인

누군가를 미워하지 않고는
누군가를 그리워하지 않고는
밥을 구할 수 없고
잠을 청할 수 없으니

풀냄새를 맡으려 해요
마른풀 냄새를

허리 숙여, 조금 더 깊게 ⸺

밤 두시

1

내가 쓴 글씨를 내가 알아볼 수 없다

내 글씨는 갈라지는 나무껍질
더듬이가 없는 벌레
꺼지지 않는 거품

아무런 말을 할 수 없다
내가 침묵할 때
밤의 벌판으로 기차는 달려가고

내게로 달려오고, 흰 천에 덮인 기차는

2

이제 곧
보이지 않는 햇빛을 마중해야 하는 날이 오리라
햇빛 속을 걸어오는 설인(雪人)을
불타는 고드름 수염을

환(幻)은
환으로만 지울 수 있다는데

모란디*는 평생 빈병을 그렸다
무표정의 병들이 성상(聖像) 같았다

* 이탈리아의 화가.

해설

너머의 당신에게

조대한(문학평론가)

이탈리아의 화가 조르조 모란디의 독특한 삶의 이력은 비교적 잘 알려져 있다. 그는 삶의 대부분을 볼로냐라는 도시에서 보냈다. 볼로냐의 대학에서 강의를 하며 근처의 작은 아파트에서 누이동생들과 함께 살았다. 세 평 남짓한 좁은 자신의 방 안에서 "모란디는 평생 빈병을 그렸다"(「밤 두 시」). 새로운 영감을 얻기 위한 여행도 번거롭다며 거의 떠나지 않았고, 예술가라면 한 번쯤 회자되곤 하는 불꽃같은 사랑 이야기도 세간에는 알려진 바 없다. 모란디의 생은 그가 그린 꽃병, 물병, 빈 그릇 등의 '정물화(still life)'처럼 실로 고요하고 정지된 삶의 형태를 띠고 있었다. 매일매일 창문으로 쏟아지는 햇빛과 먼지를 관찰하고 그에 따라 달라지는 병의 색채를 조금씩 덧칠해낸 그의 작품은 지금도 보는 이들에게 묘한 울림을 전달하기는 하지만, 그가 왜 이런 그림을 그렸는지에 대해서는 명확히 알 길이 없다. 모란디는 어째서 이런 그림들만을 반복해서 그렸을까. 한평생 그를 이끈 원동력은 과연 무엇이었을까.

영국의 작가인 대리안 리더는 인간이 그림에 천착하는 이유를 크게 두 가지의 기능적 측면에서 설명한다. 우선 그림은 무언가를 가로막는 이미지의 장막 역할을 한다고 그는 말한다. 떠올리기 싫은 아픈 추억이든 밤마다 쫓아다니는 끔찍한 악몽이든 그림은 일종의 가림막이 되어 그 마주하기 힘든 장면들을 차단한다는 것이다. 그것은 "도무지 끝이 없는 울음"과 "메워져도 검은빛이 새나오는" 마음의 "구

멍"(「구멍」)을 막아내어 붓을 쥔 이로 하여금 짐짓 평온한
일상을 가능하게 한다. 하지만 동시에 그림 이미지는 이곳
에 없는 것을 비추는 장막이 되기도 한다. 무언가를 가로막
는다는 것은 가려져 있는 너머의 실체를 환기하는 일이기
도 하여서 오히려 그림은 "정체를 알 수 없"는 것들, "숨어
있는" "그 너머"(「눈물을 빛으로」)의 형체를 상상하여 투영
하는 스크린으로 화하기도 한다고 그는 이야기한다. 이러한
논의를 잠시 빌려본다면 우리는 앞서의 질문을 다음과 같이
수정해볼 수 있을 듯하다. 화가 모란디가 떠올리지 않기 위
해 애썼던 것, 그럼에도 일평생 그를 환영처럼 따라다녔던
것은 무엇이었을까. 그의 고요한 그림 이면에 감추어져 있
는 것들의 정체는 대체 무엇인가.

　전동균 시인의 시집 『한밤의 이마에 얹히는 손』을 살펴보
기 전에 이런 이야기를 꺼내는 까닭은 답하기 쉽지 않은 이
질문들이 그의 작품에 접근하는 수많은 입구들 중 하나가
될 것이라고 생각했기 때문이다. 시인 또한 이번 시집 속에
서 어떤 장면의 이미지를 반복적으로 변주하여 그려내고 있
다. 이를테면 서두에 실린 「내가 만든 건 내가 부수어야 하
므로」라는 시편에는 딱딱한 침대, 넓은 탁자, 갓등, 낡은 기
도집이 전부인 단출한 방의 풍경이 묘사되어 있다. 이후 그
곳엔 "분도의 집 301호"라는 서술이 뒤따른다. 제한된 정보
탓에 그 장소가 어디를 지칭하는 것인지 정확히 파악하기는
어렵지만 '분도'라는 단어가 '성 베네딕트(St. Benedict)'의

음차 표현이라는 것을 떠올려본다면 이를 특정 종교와 관련된 시설 정도로 짐작해볼 수는 있겠다. 작품 속의 '나'는 마치 재생되는 영상을 관람하는 것처럼, 그곳에서 "녹슨 깡통을 보듯 나를 바라보다가" "꿈에서 깨어"난다. 정신이 든 나의 손엔 "칼자국처럼 붉은 선이 쫙 그어진" 영문 모를 돌멩이 하나가 쥐어져 있다.

이처럼 현실인지 환영인지 알 수 없는 불가해한 기억의 잔상들, "흰 강아지, 파란 옥수수, 검은 돌이 되었다가 느닷없는 한 방 총성으로 흩어"(「아무데로나 흘러가는」)지는 '나'의 모습들, "밤마다 나무조각을 하는 꿈"과 "맨날 보이는데 뭔지 모르겠"(「원룸」)는 이미지의 편린들은 시인의 작품들 속에서 수차례 되풀이된다. "환(幻)은/ 환으로만 지울 수 있다"(「밤 두시」)고 믿는 듯한 시인은 그림을 그리는 화가처럼 여러 시적 이미지들을 덧대보지만 일상을 침범하는 그의 환영들은 좀처럼 쉽게 사라지지 않는 것 같다. 그 환영들의 자취를 뒤쫓아가다보면 시인이 애써 지우면서 그려내고자 했던 어딘가의 풍경에 우리도 가닿을 수 있지 않을까.

첫번째로 주목해볼 만한 것은 그것들이 '나'의 과거 혹은 어린 시절과 밀접하게 연관되어 있다는 점이다. 가령 「기록」을 보면 자신이 살아왔던 시간에 대해 회고하는 나의 모습이 등장한다. 시적 화자는 스스로의 삶을 "불속에서 태어나 물속에서 사는/ 구멍 숭숭 뚫린 돌"에 빗댄다. 아직은 그 의미가 불분명한 이 표현은 서로 다른 세계에 몸담고 있던 본

인의 처지에 대한 은유로 읽힌다. 나는 "나를 파괴하는 것
들을 사랑하였"고 그런 "나를 증오하면서 그리워하였다"고
술회한다. 아마도 이는 자신을 부수고 좀먹기만 하던 시절
의 나를 사무치게 미워하면서도 한편으로는 애타게 그리고
있었던 모순된 마음의 고백인 듯싶다. 주변에는 여전히 공
중을 날아다니는 파란 뱀들, 만지려 하면 순식간에 바스러
지는 수많은 얼굴들의 허상이 가득 떠다닌다. 주위를 맴도
는 환영들과 환청처럼 들리는 목소리를 좇아 나는 어딘가로
바삐 가야 한다고 스스로를 다그친다. 그곳은 "무덤의 흙을
파며 혼자 노는" 한 소년의 말과 "내가 아니면 아무도 기록
할 수 없는" 기억들이 담겨 있는 곳이다. 비록 "소년이 흙에
게 속삭이던 말"들은 지난밤의 꿈처럼 "기록하는 순간/ 사
라지고 말"겠지만 이내 흩어져버릴 그 시간의 언어들을 시
인은 애써 길어올리려 하고 있다.

물론 시인이 찾고자 하는 과거의 시간들이 마냥 순수하고
평온한 색채로만 그려지는 것은 아니다. 생의 이력을 고백
하는 또다른 시편들 중 하나인 「말하지 마세요, 내 안에 담
긴 게 무엇인지」에서는 지나쳐왔던 시간들을 후회하거나 사
뭇 부끄러워하는 시적 화자의 심정이 드러나기도 한다. 작
품 속의 '나'는 자신이 버려진 존재가 분명하다고 나름의 확
신을 담아 말한다. 나를 친구라고 부르는 이들이 사회에서
"도둑들, 뚜쟁이들, 사기꾼들"이라는 이름으로 호출된다는
것을 감안해볼 때, 나 또한 이 세계의 질서 혹은 정상적인 삶

의 궤도에서 다소간 이격되어 스스로를 유기된 자로 여기는 듯하다. "엄마 장례식 날 고무줄놀이 하는 아이"를 꿈꾸는 나는 세상에 홀로 버려진 존재이지만 그렇기에 마음껏 해방된 존재이기도 하다. 한때는 나에게도 "거짓 없는 눈으로" 맑은 하늘을 우러르며 살아가고 싶었던 꿈이 있었던 것 같다. 하지만 "아무리 빨아도 지워지지 않는/ 속옷의 얼룩"처럼 내 안에서 포착되는 나보다 더욱 커다란 어두운 구멍의 증거들, 낯설고 생경한 이물질의 흔적들을 찾는 것이 "나의 기쁨"이라는 사실을 시인은 끝내 부인하지 못한다.

빈집 처마끝에 매달린 고드름을 사랑하였다
저문 연못에서 흘러나오는 흐릿한 기척들을 사랑하였다
땡볕 속을 타오르는 돌멩이, 그 화염의 무늬를 사랑하였다

나는 나를 사랑할 수 없어
창틀에 낀 먼지, 깨진 유리 조각, 찢어진 신발,
세상에서 버려져
제 슬픔을 홀로 견디는 것들을 사랑하였다
　　　　　　　　　　　　　　　　　　　—「빗소리」부분

구석을 좋아해요
구석에 버려진 의자를

106

구석을 지키는 그늘을

구석은 나를 싫어하죠
내 모습을 제 맘대로 바꾸곤 하죠
먼지로, 이끼로, 뿔이 솟은 천사로

―사라지지 않는 망각으로 가득한 것
―「구석」 부분

　인용된 위 시편에서도 '나'의 내력과 함께 선호하는 것들
의 세목이 기술되어 있다. 나는 "창틀에 낀 먼지, 깨진 유리
조각, 찢어진 신발"을 사랑하였다고 말한다. 아래의 작품에
서는 구석을 포함하여 "구석에 버려진 의자" "구석을 지키
는 그늘" 등이 내가 좋아하는 것들로서 언급된다. 열거된
항목들의 공통점이 무엇인지 명확하지는 않지만 대체로 이
들은 제 쓸모를 다해 버려진 것들이거나 눈에 잘 띄지 않아
방치된 존재들에 가까워 보인다. 세상 한가운데의 질서로부
터 한 발짝 떨어져 있는 나는 어쩌면 그들에게 묘한 동질감
을 느꼈던 것은 아닐까 싶다. 그래서인지 "나는 나를 사랑
할 수 없어" "세상에서 버려져/ 제 슬픔을 홀로 견디는 것
들을 사랑하였다"고 말하는 담담한 시인의 고백은 언뜻 "서
러운 거짓말"(「막돌」)처럼 들리기도 한다. 그 속엔 실은 누
구보다 사랑받고 싶었던 마음들이, 사랑했노라고 수없이 나

열한 존재들의 이미지에 투영되어 비치는 듯도 하다. 동시에 내가 사랑했던 것은 "빈집 처마끝에 매달린 고드름"이거나 "땡볕 속을 타오르는 돌멩이"의 "무늬", 날 "저문 연못에서 흘러나오는 흐릿한 기척들"이다. 이들은 한없이 빠르게 흘러가는 일상의 계절과 시간의 흐름 속에서 아주 잠시만 포착되는 것들이자 그 기척을 쉽게 알아차릴 수 없어 짧은 감각의 편린으로만 세계 위에 현현 가능한 존재들이다.

　이들을 통해 시인이 그려내는 이미지와 관련된 중요한 두 번째 특징을 거론해볼 수 있겠다. 그것은 "눈동자를 스쳐 간 짧은 빛"(「빗소리」)무리처럼 찰나 동안만 어른거리는 무엇이자 세상으로부터 잠시 떨어져나온 세계의 이면과도 같은 장소이다. "어딘가 다른 곳, 다른 시간 속에"(「꽃이 때린다」) 속한 그곳은 이름 붙일 수 없는 꿈과 현실의 경계면에서 종종 출현한다. 나는 "잠들 때면 들려오는 이상한 기척들"에 뒤척이다 문득 "어딘가에 두고 온 것"(「이면지에 쓰다—김사인 시 「공부」를 읽고」)들을 떠올리고, "밤 두시와 세시 사이"가 되면 약속처럼 "천장에서 쏟아지는 흰구름과 청개구리와 장미꽃들"(「원룸에 대한 기록」)의 어스름을 맞이하곤 한다.

　무엇보다 흥미로운 것은 이면의 세계를 감지할 때마다 으레 '나'를 지켜보고 있는 누군가의 형상이다. 시인이 그린 이미지에는 정체를 알 수 없는 어떤 이의 모습이 빈번하게 겹쳐져 있다. 「뿔」을 보면 "만나서는 안 될", 그렇지만 "꼭 만

나야 할" 누군가를 향해 옥상으로 걸음을 옮기고 있는 '나'
가 등장한다. 한 걸음, 한 걸음 고통을 참으며 그곳으로 다
가서는 것은 "나를 이기고 세상을 이기"는 일이자 "당신과
맞설 수 있"는 유일한 길이다. 나는 언젠가 이 옥상의 꼭대
기에 다다르면 가까운 하늘에서 내리쬐는 햇볕에게 배꼽인
사를 하고 구름을 치받으며 천방지축 뛰어놀겠다는 다짐을
한다. 끝없이 내딛는 걸음 탓에 배고픔과 목마름은 더욱 심
해지지만, 당신을 향한 한없는 "허기와 갈증"은 도리어 지
친 나를 움직이게 하는 원동력이 되어주는 듯하다.

　누구일까
　마당에 비를 맞고 서 있는 사람은
　곰이 되었다가
　가시나무가 되었다가
　진흙덩이로 바뀌고 있는 저 사람은

　이 유리창을 부수면 그를 구할 수 있을까
　이 유리창이 부서지면 그가 사라지지는 않을까
　　　　　　　　　　　　　　　—「예버덩」 부분

　한밤의 이마에 얹히는 손,
　촛불 같고 서리 같은 그 손이 누구 것인지
　더이상 묻지 말자

기도하지도 말자, 더 외로워질 뿐이니

잊고 잊히는 일은 유정한 일이어서
나는 날마다
사라지는 별의 꼬리에 매달려 춤추는 꿈을 꾸고
아침마다 낯선 곳에 와 있고
—「아침마다 낯선 곳에」 부분

「예버덩」 속 '나'는 건물 밖 마당에서 비를 맞고 서 있는
누군가를 바라본다. 창 너머에 비친 그는 "곰이 되었다가/
가시나무가 되었다가/ 진흙덩이"로 여러 차례 모습을 뒤바
꾼다. 나는 그에게 다가가기 위해 둘 사이를 가로막고 있는
유리창을 부숴볼까도 생각하지만 이내 "이 유리창이 부서
지면 그가 사라지지는 않을까" 걱정이 들어 머뭇거린다. 이
유리창은 그를 정확히 직시할 수 없게 만드는 불투명한 가
림막인 동시에 환영의 파편이나마 그의 모습을 비춰주는 유
일한 스크린이기도 한 까닭이다. 수많은 어제와 모든 밤을
기억하며 나를 바라보는 그 존재를 시인은 흐린 빗물 너머
로 그려내고 있다.
　시편 「아침마다 낯선 곳에」를 보면 잠이 든 사이 누군가
와 살며시 접촉한 '나'의 모습이 그려진다. 어쩌면 나는 열
병에 걸려 끙끙 앓고 있거나 악몽에 쫓겨 가위에 눌려 있었

는지도 모르겠다. 그런 나에게 "한밤의 이마에 얹히는" 누군가의 손은 무척 따스하기도 하고 또 서늘하기도 하다. 나약한 나를 돌보는 이 손길의 주인공은 여러 의미로 해석 가능하겠지만 '기도' 등의 시어와 시집 내 반복되는 종교적 소재들로 미루어볼 때 세계의 섭리를 관장하는 모종의 절대자처럼 느껴지기도 한다. 나는 낮의 세계가 눈을 감는 시간이 올 때마다 어딘가에서 그를 만나고 "사라지는 별의 꼬리에 매달려 춤추는 꿈을" 꾼다. 그러다 아침이 되면 낯설고 기이한 기분을 느끼며 잠에서 깨곤 한다. 까무룩 선잠을 자다 일어나 엄마를 잃어버려 불안과 두려움에 떠는 아이처럼, 나는 눈을 뜰 때마다 이 세계에 외따로 버려져 있다는 생각을 지울 수가 없다. 이토록 매일 홀로 남겨지는 일, 누군가에게 "잊고 잊히는 일은 유정한 일"이기에 나는 더이상 두 손을 모아 기도하지도, 당신을 찾지도 않겠다고 읊조린다. 하지만 그런 다짐이 무색하게도 나는 끝내 이곳 너머 당신에게 다가가고픈 충동을 참아내지 못하는 듯 보인다. "아무리 들이켜도 갈증이 나는" "물병"(「미제레레」)과 채워도 채워지지 않는 마음의 구멍을 지닌 이의 목마름처럼 "새벽마다 잠 깨어 나는 당신을 부"(「내가 숨쉴 때마다 아픈」)른다.

이와 같이 시인이 천착하는 이미지의 주요한 세번째 특징은 자연스레 '신'이라는 형상으로 수렴된다. 물론 앞서 살펴보았듯 그 존재와의 대면은 금세 잊힐 테고 또다른 아침이 오면 '나'는 다시금 사무치는 외로움에 떨고 있을 것이다.

낯설고 불합리한 세상 위에 던져진 내가 자꾸만 생겨나는 질문들을 저 너머 어딘가에 보내보아도 구원의 응답은 쉬이 선명하게 들리지 않을 것이다. 왜냐하면 '신'은 이곳 너머를 향한 허기와 갈증으로 삶의 추동력을 선물한 존재이기도 하지만 이토록 불가해한 세계의 섭리와 형언 불가능한 침묵, 유한자로서 가닿을 수 없는 절망을 대변하는 이름이기도 하기 때문이다. "제 속을 응시하는 눈길과/ 세상을, 그 너머를 바라보는 눈길이 만나 생겨나는"(「찬란」) 풍경들을 앞에 두고 시인은 다음과 같이 외친다. "왜 덤불은 불타고/ 거미는 곧 부서질 망을 짜"며 "방죽 길은 끝없이 휘어지며 길어지는가", "누구의 명령으로 물은 얼룩말처럼 달아나"고 "해는 지는가"(「이곡」), 어째서 무지한 우리들은 닿을 수 없는 것을 꿈꾸고 또 절망을 느끼도록 만들어졌는가.

> 말과 말 사이에 그늘이 펼쳐지면
> 나를 바라보는 당신이 보여요
>
> 해 뜨는 벌판에서 싱글벙글 똥을 누는 당신
> 자일을 끊고 크레바스 속으로 사라지는 당신
>
> 나는 내 것이 아니에요
> 당신 것도 아니죠

우리는
밥과 사랑과 시간의 하인
하룻밤 새 모든 꽃을 데려오고 데려가는
바람의 하인

　　　　　　　　　　　　　　　—「안과 바깥」부분

　위 시편 속의 '나'역시 누군가의 형상을 그리고 있다. 한
데 그 모습은 신성하고 흠결 없는 절대자처럼 느껴지지는
않는다. "해 뜨는 벌판에서 싱글벙글 똥을 누는 당신"의 모
습 속엔 부끄럼 없는 아이의 천진난만함이 비칠 뿐이다. 세
계의 이면과 맞닿아 있는 '당신'이라는 존재는 이처럼 다채
로운 모습으로 시인에게 나타난다. 작은 키에 까만 얼굴로
나를 기다리는 당신은 잊고 있던 누군가의 소년 시절 모습
이 되기도 하고(「멀리 먼 더 먼」), 가난하고 헐벗은 영혼의
빛을 내뿜는 당신은 시인이나 화가 또는 작곡가로 화하기
도 한다(「거기, 당신들이 있어」). 그는 반갑게 내리쬐는 이
름 모를 봄볕으로 다가오기도 하고(「봄볕이여, 당신 이름
을 알려주세요」), 평생 어깨에 총알 조각을 박고 살아가던
아버지의 모습으로 나타나기도 한다(「유품(遺品)」). 사랑하
는 당신은 "내가 부를 때마다 젖은 걸레로, 변기의 얼룩으
로, 빈 의자의 삐걱임으로"(「내가 숨쉴 때마다 아픈」) 자신
의 기척을 알린다.
　밤낮없이 나를 돌봐주는 듯한 당신의 다정한 시선과 종이

를 꾹 누르는 문진처럼 내 이마에 지그시 얹힌 당신의 손길 없이는 '나'는 하루도 쉽사리 잠들지 못한다. "세상으로부터/ 저로부터/ 스스로 쫓겨난 자의 넘쳐나는 갈증"(「독락당 모란꽃」)으로 나는 삶의 마디마다 너머의 당신을 갈구한다. 그러나 일부라도 당신의 환영과 기적을 마주하는 것은 쉬운 일은 아닐 것이다. 세계의 이면에 접촉하는 일은 보통의 세상에서 잠시 떨어져나오는 것이기도 하기 때문이다. 자신이 쌓아올린 모든 것을 잃고 망각했을 때, 유한한 우리의 "말과 말 사이에 그늘이 펼쳐"질 때, "자일을 끊고 크레바스 속으로 사라지는 당신"처럼 스스로의 목숨을 내던져 깊은 심연의 구멍 속으로 빠져들 때 그제야 비로소 늘 나를 바라보고 있던 당신의 눈빛과 대면할 수 있다.

덴마크의 신학자이자 시인인 키르케고르는 인간이 신을 만나는 일이 얼마나 지난한 문제인지에 대해 언급한 적이 있다. 그는 유명한 아브라함의 사례를 든다. 신은 아브라함에게 그의 아들 이삭을 죽여 자신에게 제물로 바치라는 명령을 내린다. 아브라함은 신의 명령에 따라 이삭을 모리아 산의 제단으로 데리고 가 칼로 찌르려 한다. 그때 신의 사자가 하늘에서 내려와 이삭을 살해하려는 아브라함을 만류하고, 신앙심의 증명을 완료한 그에게 자손 대대로의 번영과 축복을 약속한다. 훗날 믿음의 조상으로 일컬어질 만큼 아브라함의 행위는 티 없이 성결할 뿐이었지만 성서의 맥락을 삭제한 채 바라본다면 그것은 다소 기이하고 섬뜩해 보이기도 한다. 신의 목소리를 듣지 못하는 범인들의 눈으로는 그가 신의 명령을 대리하는 자인지 아들을 죽이려 한 미치광이인지 구별할 방법이 없는 까닭이다. 이처럼 신의 기적을 느끼고 신의 증거와 마주하는 일은 이 세계의 이해를 벗어나는 일이기에, 키르케고르는 세상의 윤리와 도덕과 언어를 중지시키는 '신앙의 도약(leap of faith)'을 행하는 자들만이 신과의 대면을 이뤄낼 수 있다고 이야기했다.

하지만 아이러니하게도 전동균 시인의 작품들이 탁월한 종교 시편들로 남을 수 있었던 것은 그의 언어가 신앙의 영역으로 수월하게 비약해버리지 않았다는 점 때문이기도 하다. 이 시집의 어떤 아름다움은 신을 그리고 있다는 사실이 아니라, 그에 다가가기 위한 절망과 기쁨을 그려낸 유려한 언어 그 자체에서 비롯된 것이다. 시인의 시는 '나'의 한갓된 언어와 '당신'의 숭고한 침묵 사이의 틈새에서 발화되는 듯 보인다. "나는 내 것이 아니"지만 "당신 것도 아니"라고 말하는 그의 생은 절대자에게 자신의 모든 죄와 의무를 떠맡긴 종복의 삶이라기보다는 제 몫의 죄와 슬픔을 짊어지고 스스로 한 걸음씩 계단을 오르는 삶에 가까울 것이다. 우리들은 배고픔과 공허함에 쫓기다 이내 세월에 마모될 "밥과 사랑과 시간의 하인"에 불과할 뿐이지만, 의미를 알 수 없이 피투된 이곳에서 무언가를 찾기 위해 필사적으로 싸우며 일렁이는 시인의 고투에서 신앙과 종교 이전에 치열하고 충실한 한 인간의 모습을 본다.

처음으로 돌아가보자. 평생 빈병을 그렸다던 이탈리아의 화가 모란디는 파스칼과 레오파르디의 책을 언제나 침대 머리맡에 두고 읽었다고 한다. 불순한 육체를 증오하며 신의 목소리를 증언했던 어떤 천재의 행적과 수도자처럼 고독하고 정결했던 일생을 살다 간 한 시인의 삶에서 모란디가 무엇을 얻고자 했는지 지금의 우리는 알 수 없다. 다만 모란디 또한 그들처럼 매일매일 햇빛과 먼지의 결을 읽고, 물감을 풀고, 병의 위치를 조심스레 옮기는 것을 반복하는 정제되고 일관된 삶을 살았다. 그는 정지한 순례자가 되어 기도 대신 수없이 그려낸 물병들로 누군가의 모습을 담아내려 했다. 그가 그린 "무표정의 병들이 성상(聖像) 같았다"(「밤 두시」)고 여긴 시인의 삶의 궤도 역시 그와 유사하지 않을까.

시인은 오늘밤에도 잠을 뒤척이다 주변을 두리번거릴 것이다. 찰나의 꿈에서 본 한평생의 삶, 자신을 지켜보는 누군가의 따스한 눈빛, 이름을 잊어버린 마른 풀꽃의 냄새, 잘 들리지 않는 작은 기척들에 귀를 기울이며 뒤집힌 이면지에 또다른 고백의 말을 남길 것이다. 어느새 시어들은 휘발되고 그늘에 잠긴 기억들도 잊혀가겠지만 아마도 쉽사리 멈추지는 않을 것이다. 너머의 당신을 향해 가는 일이 스스로를 갉아먹는 일임을, "당신을 사랑하는 일은 나를 배반하는 일이"(「이 밤은」)라는 것을 알고 있음에도 시인은 "당신을 껴안으며/ 당신을 잊듯이"(「눈」) 그 목소리를 필사하는 일을 중단하지 않을 것이다. 그의 흔적을 따라가다보면, "망각의

눈동자에 새파란 빛을 새기"(「귀래」)던 시인의 글씨를 조금
씩 더듬다보면 우리 또한 잃어버린 어린 시절의 목소리를,
두고 온 탄식과 미처 다 꺼지지 않았던 슬픔의 거품을, "당
신 속에 있는/ 당신도 모르는/ 꽃과 미소와 번개를"(「잠들
때면」), 늘 옆에 있었던 누군가의 어슴푸레한 얼굴을 잠시
나마 마주할 수도 있지 않을까.

전동균 1986년『소설문학』신인상 시 부문에 당선되어 등
단했다. 시집으로『오래 비어 있는 길』『함허동천에서 서
성이다』『거룩한 허기』『우리처럼 낯선』『당신이 없는 곳
에서 당신과 함께』가 있다. 백석문학상, 윤동주서시문학
상, 노작문학상 등을 수상했다.

— 문학동네시인선 218
한밤의 이마에 얹히는 손
ⓒ 전동균 2024

— 초판 인쇄 2024년 7월 24일
초판 발행 2024년 8월 8일

지은이 | 전동균
책임편집 | 김봉곤
편집 | 강윤정
디자인 | 수류산방(樹流山房) 본문 디자인 | 최미영
저작권 | 박지영 형소진 최은진 오서영
마케팅 | 정민호 서지화 한민아 이민경 안남영 왕지경 정경주 김수인 김혜원
　　　　김하연 김예진
브랜딩 | 함유지 함근아 박민재 김희숙 이송이 박다솔 조다현 정승민 배진성
제작 | 강신은 김동욱 이순호
제작처 | 영신사

펴낸곳 | (주)문학동네
펴낸이 | 김소영
출판등록 | 1993년 10월 22일 제2003-000045호
주소 | 10881 경기도 파주시 회동길 210
전자우편 | editor@munhak.com
대표전화 | 031) 955-8888 팩스 | 031) 955-8855
문의전화 | 031) 955-2696(마케팅), 031) 955-2660(편집)
문학동네카페 | http://cafe.naver.com/mhdn
인스타그램 | @munhakdongne 트위터 | @munhakdongne
북클럽문학동네 | http://bookclubmunhak.com

ISBN 979-11-416-0108-9 03810

잘못된 책은 구입하신 서점에서 교환해드립니다.
기타 교환 문의: 031) 955-2661, 3580
www.munhak.com

문학동네